AF360269

FERNAND KHNOPFF

quelques notes sur l'Œuvre de
Fernand Khnopff
par Emile Verhaeren
1881-1887

Bruxelles
chez Mme Ve MONNOM

1887

Tiré et numéroté à 50 exemplaires sur Hollande.
1   »   sur Japon

———

Exemplaire n°  46

Fernand Khnopff

Fernand Khnopff?

Un entêté, un artiste.

Oui, plus encore qu'un artiste — et Dieu sait combien il l'est! — un entêté. Ce n'est un défaut que pour les imbéciles. Aussi fais-je l'éloge de Fernand Khnopff en le qualifiant tel, lui, le serré, le froid, le fermé, le britannique, qui réfléchit plus qu'il ne parle, qui observe plus qu'il n'explique.

Certes est-il trop poli pour afficher que son plus entier bonheur serait de n'être interrogé ni distrait par personne. Toutefois, il ne cause que pour ne point désobliger, il ne rit que pour ne point fâcher, il ne se mêle aux discussions — toujours inutiles — que pour n'en point paraître dédaigneux. S'il le voulait, il serait un causeur sarcastique et subtil; néanmoins, si nul ne l'attaque, son désir de faire parade d'esprit ne va point jusqu'à trancher n'importe quoi. Il passe inaperçu et les dames doivent le trouver quelconque.

Et pourtant quelle physionomie curieuse au repos aussi bien qu'en mouvement : deux petits yeux métalliques très aigus, le menton légèrement effilé, une bouche méprisante et une chevelure, oh! la belle chevelure rousse et barbare virgulant des boucles sur le front et réalisant je ne sais quel couronnement farouche. Attitude raide, tenue correcte, très simple. Horreur de tout débraillé. Clergyman en train de devenir dandy.

Si Fernand Khnopff est peu expansif, combien ne doit-il pas, dans le seul à seul de l'étude, discuter avec lui-même! Que de luttes et de tensions d'esprit en face de l'œuvre, le matin, le jour, le soir, la nuit, toujours ; oui, la nuit quand l'idée s'ébauche et qu'il faut la saisir et, sautant du lit, la clouer sur le papier ou sur la toile. Le lendemain, ce frêle tremblement d'étoile, on ne le verrait plus.

Aussi la vie de Fernand Khnopff est-elle une claustration perpétuelle. Pénétrer chez lui, c'est le diable. Et quand on s'y trouve, il faut qu'il ait en vous une confiance absurde pour délier un à un ses cartons, montrer une à une ses études, dévoiler point par point sa marche en avant. Quant à tel tiroir, jamais vous ne saurez ce qu'il contient; ce sont ses pensées de derrière la tête.

Bonne et seule vie d'artiste après tout et avec ses mystères et avec ses cachotteries et avec ses réticences! Il n'est pas d'âme haute qui ne soit solitaire et d'un recueillement continu, prolongé et mystique. Quelquefois elle s'hypocritise de joie ou de mondanéité mais le fond ne change point.

On peut s'isoler au milieu des réunions les plus frivoles, s'abstraire des bruits de soie et de babil féminins, passer des heures en habit noir et revenir chez soi et reprendre le pinceau ou la plume comme si l'on était allé regarder à sa fenêtre un nuage qui passait. Même il est certaines dispositions d'esprit que ces excursions aiguisent : les impressions d'ennui.

Aussi bien, vivre à part, vivre loin de tout, n'est-ce pas une question d'orgueil nécessaire? Une œuvre à créer, quoi de plus grand et quel respectueux tête à tête ne demande-t-elle point. Il est des heures où elle nous est tout. Sa vie? plus sacrée que l'existence de n'importe quoi et de n'importe qui. Quel est l'artiste qui n'ait senti cette totale passion, lequel? et ne se soit dit, ne fut-ce qu'un instant, instant d'exultation suprême où tout ce qu'il avait de talent se dépensait, que le monde entier et parents et amis pourraient périr plutôt que son travail!

Claustration et égoïsme, tels sont donc les vertus et les goûts des créateurs de beau et des apporteurs de merveilles. Rien ne peut les remplacer et il est lâche de ne point oser proclamer devant certain monde scandalisé et qu'on est un reclus et qu'on est un égoïste. L'artiste n'a qu'un amour, c'est son travail, il n'a pas le temps d'en avoir d'autres; l'artiste n'a qu'une demeure, c'est son atelier, il ne peut se plaire ni aux salons, ni aux boudoirs, les meubles y affichant un goût affreux et les dames y parlant comme chez la tailleuse ou la modiste.

Ce que veut Fernand Khnopff il le veut aussi immuablement qu'il est possible de vouloir. Mais il a la volonté muette. Y en a-t-il une autre? Il avance lentement en ce qu'il projette et mystérieusement; il ne lâche jamais une résolution, il n'atténue jamais un oui ni un non. Il ne sait pas ce qu'est douter. Décider, c'est accomplir.

Si donc on cherche l'unité qui scellera cette étude, la voici: L'art de Fernand Khnopff est plus encore basé sur une force morale que sur une faculté intellectuelle. La volonté le pénètre, le vivifie, l'épanouit. Elle ne crée pas le peintre — ce qui serait impossible — mais elle le dessine tel qu'il apparaît non pas de profil ni en buste mais en pied.

Jadis dans une conférence aux *XX*, Edmond Picard

tranchait que, dans des batailles esthétiques, avoir du caractère primait avoir du talent. Oh! marcher sans jamais dévier d'un pas; s'avancer avec le désir bien plus qu'avec la crainte d'effaroucher ses adversaires. Ne pas même prendre garde à leurs dents parce qu'on les juge en carton, à leurs yeux parce qu'ils viennent de chez le critique du coin, à leurs griffes parce que ce sont d'inoffensives virgules, à leur rage parce qu'elle écume comme une savonnée de ménagère. Passer! Ou bien, si la bêtise trop persistante pousse à bout la patience, se délecter parfois en une fumisterie charmante, supérieurement menée, cruellement accomplie et ponctuée d'un rire final et discret qui est de la joie concentrée et sublimée! Fernand Khnopff arbore une telle conduite et connaît un tel rire.

Quand on est égoïste, solitaire et obstiné comme lui, l'art qu'on fait doit être logiquement un art de patience de précision et de raisonnement. C'est le sien. Telles prémisses, telle conclusion.

Et tout d'abord sa facture. A voir peindre tel artiste au doigt léger et élégant, on songe vaguement à des virtuosités de pianiste. Tel enthousiaste est superbe et presque dandy à jouer du pinceau comme d'une badine, à se reculer pour voir l'effet cherché, l'appuie-main moulinant au bout du bras, à se laisser emballer par sa fougue de nerfs habiles et heureux. Son corps entier participe à telle touche passée vivement, à tel coup de brosse décisif, à tel effleurement de toile.

Fernand Khnopff? tout au contraire, ne bouge presque ni ne s'emballe. Minutieux, à petits coups brefs, avec une lenteur à peine inquiète, sa pointe, brosse ou crayon, griffe le panneau ou le papier. Mais son regard est aigu à l'extrême, on sent un vouloir cruel, on y surprend toute une observation tendue vers les choses, implacable et incessante. La main ne fait aucun mouvement que n'ait déterminé et contrôlé la pensée. Elle n'hésite point, toutefois elle n'a aucun entrain, aucune folie, elle est d'une réserve et d'une prudence nettes. Point de belle liberté de dessin, point de facture forte et caractérisante, mais des traits minces, sévères, décisifs, mais presque de l'écriture.

Est-il besoin d'ajouter que tout minutieux que soit le faire de Fernand Khnopff, il n'est en rien semblable aux lècheries et aux pointillés et aux marquetteries de pantoufles des peintresses et des imagiers. S'il rappelle quelqu'un, c'est les grands gothiques.

Fernand Khnopff n'est pas coloriste, de passion. Il est rare, du reste, de rencontrer un patient et un concentré qui le soit.

La couleur est arborée par les fougueux et les puissants bien plus que par les raisonneurs et les volontaires.

Elle éblouit, elle fulgure, elle enthousiasme et transporte. On la subit plus qu'on ne la cherche. Elle s'adresse avec ses ors et ses argents, avec ses prismes et ses irrisations, avec ses gloires et ses triomphes aux pinceaux qui s'exaltent. Elle est d'inspiration bien plus que de combinaison. Certes, est-il permis de l'analyser, de la choisir, de l'aménager sur la toile, mais le point de départ des plus subtils arrangements est le résultat presque toujours d'une surprise enthousiaste des yeux. Les abondants et les exubérants imposent la couleur ; les réfléchis et les synthétiques s'attaquent surtout au dessin.

Outre que certains de ceux-ci la dédaignent comme secondaire et futile. Ils ont leurs préoccupations ailleurs : dans le rendu du caractère, de l'aigu et de l'intime des choses, de l'intérieur, des dessous, de l'âme. Qu'importent la nuance exprimable quand on veut rendre l'inexprimable, et la surface quand on prétend dévoiler le fond. Il y aurait beaucoup à répondre à ces affirmations nettes. Je glisse, parce que je veux expliquer des peintres et non discuter des doctrines. Aussi bien, quoi de moins inutile ? Chaque artiste n'invente-t-il pas ses théories pour excuser ses défauts et mettre en relief ses qualités. Masques dérisoires qui trompent tous ceux qui les regardent ; mais dans le masque même il y a les yeux qui ne mentent pas.

Ce sont ceux-là seuls qu'il importe de fixer et de reconnaître.

Presqu'à ses débuts, Fernand Khnopff a compris sa facture et sa couleur logiques, c'est-à-dire, plantées dans sa personnalité. Il n'en a pas été de même de ses sujets. Il s'est longtemps cherché en eux avant de se rencontrer — et le sujet trouvé, restait à s'exprimer soi-même. L'histoire et la nomenclature commentée de ses œuvres prouveront cette recherche.

Sa patiente concentration le détachait chaque jour de la contingence et du fait. Le détail observé, la scène vivement et spirituellement croquée, le récit anecdotique et individuel, ne sont que la mousse de l'observation. Il fallait tendre le plus possible vers le définitif qui est un fruit de réflexion ardente et de volonté supérieure. Fernand Khnopff eut pour l'y déterminer sa tenace nature et son silence. Peut-être aussi, certains livres hantants.

Ses dernières œuvres inclinent donc vers un symbolisme non encore aigu, certes, mais déjà nettement affirmé. Deux le sont exclusivement, d'autres sous prétexte d'entêtes ou d'interprétations de livres, le sont accessoirement. Une de ces dernières est détruite; on sait pourquoi. La presse a mené trop de bruit autour de cette affaire et jacassé trop d'articles pour qu'on puisse encore s'en occuper ici, dignement.

Le premier tableau — exposition de l'*Essor*, 1881 — d'intérêt réel, que Fernand Khnopff exposa fut : *Un plafond à compléter sur place*. Curieuse cette ajoute — mais preuve de logique, n'importe quelle décoration ne se pouvant juger que sur place, mais preuve de « points sur les i » et de franchise vis-à-vis du public.

Le sujet est allégorique, particularité à saisir — et modernisé, point à noter. Le peintre sera toute sa vie inquiet de synthétisme ou de contemporanéité. Tel, dès ses débuts. La toile représente la Musique, la Poésie et la Peinture, trois femmes — non pas trois Muses — deux assises, une debout et surtout cette dernière, très exacte et vivante dans sa pose : la palette au bras, le genou allongé sur un pliant d'atelier, le pinceau dans la main. Elle semble peindre des rêves. C'est la mieux formulée des trois.

A cette époque Fernand Khnopff était fort sollicité par les finesses de tons à réaliser. Il avait étudié à fond l'art si coloriste d'Eugène Delacroix, si intuitif d'harmonies rares, étranges et osées, si en avant sur l'époque où il se manifesta, si précurseur qu'aujourd'hui on ne fait qu'établir scientifiquement ce que le grand romantique avait trouvé d'instinct. Dans *Un Plafond* il est des alliances de vert et de rose exquises et des bleu-gris très subtils. La toile mal exposée dans une cage d'escalier ne pouvait être examinée comme elle le méritait. Nous l'avons revue et c'est d'après cette étude nouvelle que nous la classons parmi les toiles du peintre ou sa nature se surprend le mieux. Combien ses œuvres postérieures expliquent ce début !

Au Salon de Bruxelles, la *Crise*. Même recherche de tons que dans le *Plafond*, et déjà la personnelle entente de traiter *l'objectif*. Un point principal, centre de vision et raison du tableau attire toute l'intensité de l'attention du peintre qui ne voit plus que vaguement et par conséquent les peint tels les objets environnants. Toutefois, ne faut-il traiter sèchement, sous prétexte de traiter serré, la figure ou le sujet dominant, mais les fixer, quoique nets et précis, bien dans l'air et dans la vie. C'est le défaut des Bastien-Lepage et des Dagnan, de découper en image les traits de leurs modèles et de n'établir aucune relation entre eux et ce qui les entoure immédiatement : l'air. A preuve : la *Récolte des pommes de terre* et *Les foins*. Aucune des deux paysannes ne se trouve au plan. Elles tombent du cadre.

Dans la *Crise*, la tête du jeune homme est délicatement formulée : expressive, mystérieuse, angoissée. C'est une âme qu'elle prouve et raconte. Elle n'est en rien découpée ni dure ; elle baigne dans le paysage. Le tableau ? c'est elle ; le reste : roches tristes, ciel grisâtre, terrain morne, lui sert de cadre et fait comprendre sa psychologie. La démarche et l'allure du songeur paraissent participer à sa méditation; ils sont saisis en pleine vérité. Une remarquable unité d'impression frappe et retient ; de plus, dès ce premier tableau, il était à voir qu'on se trouvait devant un peintre, d'une décision esthétique, d'une nature volontaire et personnelle qui ne devait presque rien aux 900 tableaux dont le sien était entouré.

Il se greffait sur les anciens, les caractéristiques et minutieux peintres du moyen-âge — et, néanmoins, son art était, plus que n'importe lequel, moderne dans le sens le plus intime du mot et prêt déjà à raconter l'humanité qu'il sentait souffrir autour de, et en lui.

On se rappelle pourtant l'étalage de bêtise publique à la vue de cette œuvre. La presse presque sans exception, tous, les petits comme les grands journaux, entr'ouvrirent les écluses du jabotage et les pipeleteries les plus saugrenues s'échappèrent par jets. Fernand Khnopff fit dès lors connaissance avec le public, ne se troubla point un instant de ses braiements et son entêtement grandit et sa force.

En 1882, *En passant* (boulevard du Régent). La préoccupation de la scène prise sur le vif, du coin de ville à physionomiser, monte dans l'esprit du peintre. Il tâche de rendre l'air ambiant, les arbres, le vert lavé de leur écorce, l'aspect des trottoirs, la façade des maisons et surtout les promeneurs, les flâneurs, les passants, chacun avec son allure, son pas, son geste ou sa « dégaine ». Travail simple à première vue, inextricable de difficulté vraie. La modernité a été une mode assez universelle en art. Sous prétexte qu'on peint mieux ce qu'on voit que ce qu'on se remémore, tout le monde s'est mis à faire du contemporain. « On a livré — depuis 20 ans — à la circulation », un nombre innombrable de gommeux, de cocottes, de tabagies au gaz, de tramways qui filent, de coins de rue, de pianos en accajou, de carafes avec des sirops, des bitters, des vins dorés, des bibelots, des armoires à panneaux vernis.

On a cru que c'était non pas un élément mais une condition d'art.

On a fait une école basée sur cette prétendue nécessité et quiconque ne réalisait point le programme, était traité de cancéreux et de préhistorique.

A notre sens, le moderne n'est pas uniquement là. Croquer ce que l'on rencontre exactement, habilement, c'est de l'illustration pure. Le moderne existe bien plus dans l'esprit que dans le sujet.

En un certain sens, il est impossible de n'être point moderne puisqu'il est impossible de sentir en dehors du temps et de l'époque où l'on vit. Chacun de nous sent *moderne*, même les plus entêtés d'archaïsme. Nul ne peut concevoir une scène historique lointaine comme la comprenaient les aïeux. Sentir le passé avec nos idées à nous, avec nos goûts, avec notre sympathie pour le vague et l'effacé, et l'exprimer, est plus moderne que de peindre un habit noir de passant ou une dame en chapeau et en bottines pointues. La première de ses deux œuvres va plus avant dans le sentiment et dans l'intelligence que la seconde ; elle touche à notre âme, l'autre à nos yeux. Celle-ci est de l'art secondaire et combien de peintres ne veulent voir plus loin, de parti pris !

Fernand Khnopff sera bien plus moderne, plus tard, dans sa *Tentation de Saint-Antoine* et sa *Sphinge*, qu'il ne l'est en traitant des vues de villes et des silhouettes de passants. Et encore n'a-t-il saisi qu'imparfaitement les tournures, les démarches. Ses personnages ne vivent point et son décor manque de réalité. Il n'y a de véritable intérêt que dans la mise en page si particulière au peintre, si adéquate à l'idée et à l'œil. Pour Fernand Khnopff c'est le cercle qu'embrasse le regard en fixant la scène à peindre, qui doit déterminer la dimension de la toile. De plus, il faut peindre ce qu'on voit et tout ce qu'on voit, tant les choses qui sont à un plan immédiat, que celles qui se trouvent plus éloignées. Somme toute, aucun arrangement, aucune composition. Le motif se présente tel, peignez-le tel.

Cette tentative de modernité extérieure à traduire, fut renouvelée en 1883. Nouvelle scène de boulevard : *En passant vers six heures*. Elle est supérieure à la précédente, quoiqu'elle ne tienne pas dans l'œuvre entier du peintre.

En écoutant du Schumann exposé au Cercle en 1883. Cette toile est significative. Le sujet ? Oh ! combien il était aisé de tomber dans le genre, dans le motif bourgeois, dans le quelconque familier et gentil. Les peintres qui ont traité l'inévitable romance sur l'inévitable piano dans l'inévitable salon, sont cohue. Ils se chiffrent ? dites le nombre.

Le présent tableau s'impose et par sa sévérité et par sa haute distinction. La dame qui écoute et qui fait l'œuvre, qui la relève et la hausse jusqu'à une étude d'âme, témoigne d'une puissance rare. C'est l'attention concentrée, l'impression matérialisée, la souffrance esthétique traduite. On sent à travers elle la passion et la vie musicales passer — et la pose toute de recueillement réalise je ne sais quoi d'austère et de douloureux. Avec quelle scrupule elle écoute, et comme le milieu : cet appartement tranquille, quotidien, sans luxe tape-à-l'œil, et comme ce tapis épais et discret, et comme ce jour d'après-midi grisâtre et légèrement méditatif, augmentent l'impression.

Était-il nécessaire de montrer ce coin de piano et cette

main de pianiste à gauche? N'aurait-on compris sans cela?
Le peintre n'a-t-il cédé qu'à une préoccupation de japo-
nisme pittoresque? En tout cas, l'atmosphère de la toile
était assez musicale pour se passer de ce détail et le
laisser deviner. La simplicité et l'unité y eussent gagné.

En écoutant du Schumann est la seule œuvre de modernité extérieure, signée Fernand Khnopff, qui nous plaise.
Pourquoi? Parce qu'elle porte au delà du décor et qu'elle
réfléchit une flamme de l'âme d'aujourd'hui. Ce n'est que
depuis peu d'années que la musique s'écoute ainsi — non
pas avec plaisir; avec méditation. L'effet de l'art, de
notre art, est une influence de vague attirance vers un
idéal triste et grave. Le tableau rend visible cet effet-là.

Nous avons entendu affirmer qu'il n'avait aucune perspective et que le décor cahotait. Cela est absurde. La
perspective architecturale établie d'après des règles et
des recettes — c'est la seule que le public admette —
est impossible quand on peint une scène comme celle
du *Schumann*, sans recul, nez-à-nez avec la scène
elle-même. Il est une autre perspective — est-ce perspective qu'il faut dire? — qui résulte de l'observation
même et de la peinture sincère des objets tels et comment ils apparaissent au peintre Celle-ci n'est réglée par
aucun livre, aucune leçon, aucune académie, aucun traité
— elle est déterminée par la vision, par l'œil : c'est la

vraie ou plutôt c'est la seule qui convienne aux artistes modernes. Certes peut-elle paraitre étrange et dans certains cas, dès qu'on peint des reflets de meubles et d'objets les uns sur les autres, il est difficile d'éviter un certain déséquilibre. Les lignes s'effaçant et les tons s'affirmant, il en résulte une certaine confusion — mais cette confusion, il faut l'admettre, puisqu'elle apparait ainsi et qu'il faut peindre les choses comme elles apparaissent. Il n'importe point, en dessinant une table ou un livre ou un verre ou une armoire, qui sont là devant vous, de peindre l'idée préconçue de la table, du livre, du verre, de l'armoire, qui restent au fond de votre cervelle.

Depuis ses débuts jusqu'à cette heure, Fernand Khnopff a traité le paysage. Nous espérons qu'il ne l'abandonnera jamais, surtout aujourd'hui qu'il s'enfonce dans le grand rêve. La nature doit lui servir de rappel à la réalité, sans cesse, sinon il est à craindre qu'il ne fasse un œuvre incomplet. On ne peut se passer entièrement de réel pour la même raison qu'on ne peut se dégager entièrement de l'au-delà. L'art est une unité à deux faces ; comme la divinité catholique est en trois personnes, lui est en deux. Il faut prendre pied de temps en temps et le sol doit servir de tremplin. Le vague est aussi dangereux que n'est morne le terre à terre.

C'est l'Ardenne et rien que l'Ardenne que le peintre a

traduit, non pourtant l'Ardenne des touristes avec un petit ruisseau sur cailloux, un babillis d'eau, un pied de colline moussue et herbeuse, quelques arbres effrités, des bosses de roches à nu, des coins de ville pittoresque dominée par une ruine, un quelque chose de romantique et de bourgeois pour piano de salle à manger d'hôtel, mais l'Ardenne des hauts plateaux et des larges horizons et des étendues roses de bruyère et jaunes de fougère et vertes de genet, et des lignes solennelles, souples, immenses, s'étendant à l'infini comme si on avait déplié des montagnes.

D'abord, c'était des petits panneaux minutieux comme des fonds gothiques : *la Crue, le Cinquième étang, A Fosset, les Chênes de Laval, la Grand'route*, mais spécialisés par une recherche très moderne de lumière fugace ou radiante et d'aspect horaire et passager des choses, à preuve : *Du soleil qui passe, Du soleil d'automne, les Premiers froids, Un jour blanc, Vers midi, De la rosée, De l'humidité*, etc.

Ces titres ne sont-ils point, rassemblés ainsi, une confession d'art et les plus audacieux des impressionnistes se sont-ils inquiété d'autres recherches pour arriver à formuler leurs plus constantes études ? L'air n'est-il point la chose à peindre dans toutes ces toiles, l'air seul, l'air tour à tour saturé d'or, lamé d'argent, poreux de brume, violacé de soir, transi d'hiver ? Fernand Khnopff a donc été plus que n'importe qui sollicité par la recherche contemporaine.

La toile dans laquelle il a ramassé son talent de paysagiste? *A Fosset : le garde qui attend.* Vision toute sincère et réelle, avec son avant-plan d'arbres énormes, toute aiguë avec ses fonds minutieusement traités — ce qui prouve l'acuité du regard du peintre — toute harmonieuse avec ses clairs délicats, ses verts charmants, ses tons si fins, toute personnelle avec ses plans rapprochés à la manière gothique et qui nous semble résulter bien plus d'une caractéristique de l'œil que de tout autre chose. De plus, c'est le pays ardennais des plateaux, immense d'horizon, mais minusculisé par de petites chaumières, des réductions d'enclos à haies basses, des villages et des hameaux étalés comme des jouets sur un énorme tapis.

Les portraits? Ils occupent bonne place ; ils ont donné au peintre l'occasion de creuser l'individualité. Tels, ceux de MM. Kefer et Picard et Maus sont caractéristiques. D'autres sont gracieux, fragiles, quelquefois assez minces, comme les enfants qu'ils figurent.

Définir le Symbolisme, qui donc y réussirait? Au plus, peut-on essayer d'éclaircir quelque peu le brouillard ambiant, et encore avec la volonté de n'émettre que des idées personnelles.

Et tout d'abord aucune confusion entre le Symbolisme

et l'Allégorie, encore moins la Synthèse. Non plus avec le Symbolisme païen, car le Symbolisme actuel, contrairement au Symbolisme grec, qui était la concrétion de l'abstrait sollicite vers l'abstraction du concret. C'est là, croyons-nous, sa haute et moderne raison d'être.

Jadis, Jupiter, incarné en statue, représentait la domination ; Vénus, l'amour ; Hercule, la force ; Minerve, la sagesse.

Aujourd'hui ?

On part de la chose vue, ouïe, sentie, tâtée, goûtée, pour en faire naître l'évocation et la somme par l'idée. Un poète regarde Paris fourmillant de lumières nocturnes, émietté en une infinité de feux et colossal d'ombre et d'étendue. S'il en donne la vue directe, comme pourrait le faire Zola, c'est-à-dire en le décrivant dans ses rues, ses places, ses monuments, ses rampes de gaz, ses mers nocturnes d'encre, ses agitations fiévreuses sous les astres immobiles, il en présentera, certes, une sensation très artistique, mais rien ne sera moins symboliste. Si, par contre, il en dresse pour l'esprit la vision indirecte, évocatoire, s'il prononce : « une immense algèbre dont la clef est perdue », cette phrase une, réalisera, loin de toute description et de toute notation de faits, le Paris lumineux, ténébreux et formidable.

Le Symbole s'épure donc toujours, à travers une évocation, en idée : il est un sublimé de perceptions et de sensations ; il n'est point démonstratif, mais suggestif ; il ruine toute contingence, tout fait, tout détail ; il est la plus haute expression d'art et la plus spiritualiste qui soit.

A cette heure, il n'est qu'un vrai maître symboliste en France : Stéphane Mallarmé. Avant, Arthur Raimbaud, le plus étonnant génie dont le météore se soit égaré depuis vingt ans. Où est-il? Existe-t-il encore?

Stéphane Mallarmé, dans son *Après-midi d'un Faune* et surtout dans quelques-uns de ses récents poèmes, reste donc seul, car, ni Verlaine, ni Corbière, ne se sont affirmés nettement et décisivement symbolistes. L'évolution vers le symbolisme s'est faite presqu'inconsciemment d'abord, puis lentement accentuée par réaction directe contre le naturalisme. Celui-ci était l'émiettement descriptif, l'analyse microscopique et minutieuse. Aucun résumé, aucune concentration, aucune généralité. On étudiait des coins, des anecdotes, des individus et toute l'école se tablait sur la science du jour et, par conséquent, sur la philosophie positiviste.

Le symbolisme fera le contraire. Au naturalisme, la philosophie française des Comte et des Littré, à lui la philosophie allemande des Kant et des Fichte. C'est de logique entière. Ici, le fait et le monde deviennent uniquement prétexte à idée; ils sont traités d'apparences,

condamnés à la variabilité incessante et n'apparaissent,
en définitive, que rêves de notre cerveau. C'est l'idée s'y
adaptant ou les évoquant qui les détermine et autant le
naturalisme accordait de place à l'objectivité dans l'art,
autant et plus le symbolisme restaure la subjectivité.
L'idée est intégralement imposée en toute sa tyrannie.
Art de pensée, de réflexion, de combinaison, de volonté
donc. Rien à l'improvisation, à cette espèce de rut littéraire, qui emportait la plume à travers des sujets énormes
et inextricables. Toute parole, tout vocable pesé, scruté,
voulu. Et pour arriver au but : considérer la phrase
comme une chose vivante par elle-même, indépendante,
existant par ses mots, mue par leur subtile, savante
et sensitive position, et debout, et couchée, et marchant,
et emportée, et éclatante, et terne, et nerveuse, et flasque,
et roulante, et stagnante : organisme, création, corps et
âme tirés de soi et si, parfaitement créés, plus immortels
certes que leur créateur.

Tel le symbolisme littéraire.

Quant au symbolisme plastique ?

Et d'abord est-il possible ?

Se peut-on figurer une peinture symbolique dans l'ac-
ception non pas mythologique ou chrétienne, mais
moderne du mot. Comment ne s'adresser qu'à l'idée dans
l'expression du visible ?

La difficulté, certes, est grande.

Toutefois, Gustave Moreau n'y a-t-il réussi quelquefois — et Redon ?

M. Khnopff marche, en s'essayant, vers les mêmes conquêtes.

Quatre œuvres le prouvent par leurs tendances.

La première *D'après Flaubert.*

On connaît l'admirable récit du livre. Le traduire était d'une belle audace. La reine n'est point aussi complète que le modèle écrit, mais c'est pourtant la merveilleuse fée de jade et d'or, puérile et perverse : puérile par ses lèvres au troussis enfantin et ensorceleur, perverse par le silence prometteur et fixe de son regard. Hiératique et légendaire aussi. Ce front tiaré, front d'idole ! L'apparition flotte dans un vague emmêlement de pierreries et de métal et tout un orient de volupté et d'inconnu s'étale autour et appuie ces paroles : « Veux-tu le bouclier de Dgran-ben-Dgran, celui qui a bâti les Pyramides ? le voilà... J'ai des trésors enfermés dans les galeries où l'on se perd comme dans un bois. J'ai des palais d'été au treillage de roseaux et des palais d'hiver en marbre noir. Au milieu, des lacs grands comme des mers, j'ai des îles rondes comme des puces d'argent, toutes couvertes de nacre et dont les rivages font de la musique au battement des flots tièdes qui se roulent sur le sable... Oh ! si tu voulais... » Antoine se plante, celui « qui reste immobile, plus roide qu'un pieu, pâle comme un mort ». Le sauvage désert habite sa chevelure, la nuit affreuse et les veilles, ses membres, la victoire de l'esprit sur les sens, son attitude.

Le drame se précise dans les regards des deux personnages. Toute la tentation s'y darde et le croisement des désirs et le combat muet. Et le tableau avec son noir immense comme fond est une évocation fabuleuse du milieu.

Faut-il insister sur l'exécution orfèvrée? Sur les réminiscences vers Moreau? — L'œuvre est de début, mais déjà toute spécialisée par une extraordinaire et fine intelligence de la scène et une réalisation personnelle de sa haute spiritualité.

Voici : *De l'Animalité* :

Femme flasque, échouée, lourde sous ses cheveux d'or, gorge passive, regards donnés. A droite, à gauche, deux piliers montant avec des détails d'architecture spéciaux, rappelant des emblêmes sexuels, en grappes — et puis deux crânes mystérieux, nimbés, fixes, allumés, phàres de mort par dessus les flux et les reflux de là chair étalée. Derrière, quoi? Un temple, une alcôve, un palais? De retombants rideaux inquiètent.

Ce qui monte de la méditation de cette œuvre c'est

une perception d'ennui, d'appétit satisfait, de pesant et affalé sommeil. Le corps, accroupi là sur sa peau de fauve, n'a de mains que pour sa propre chair à palper, à peser, à parfumer ; à peine se soulève-t-il sur un bras vers celui qui doit venir ; les yeux nocturnes, avec une usure violette autour de leur éclat terne, se sont épuisés en regards concupiscents, la rousseur des cheveux et l'or du ventre sonnent les fanfares de l'inassouvissement et les ruts succédant aux lassitudes. Ainsi l'animalité s'impose.

Fernand Khnopff a fait deux dessins pour *le Vice suprême*. Le dernier seul persiste.

Oh ! la mortuaire image de papauté sur un corps moitié lion, moitié sphinge. Puissance encore dans les griffes et les muscles et la croupe, volupté encore dans la gorge, mais la tête, tellement ennuyée, creuse, séculaire, immense d'usure et de tyrannie ! Et tout cela dominant un rocher, le roc de Pierre, tandis que devant, sur un socle où se lisent des caractères cabalistiques, se dresse la marmoréenne sveltesse d'une Vénus, impudique avec des gestes chastes, androginesque, décapitée de sa fierté — et tête audacieuse, impudente, canaille, tête dont des Sigisbée ont ordonné la toilette. La Vierge Marie apparaît aussi, dans de l'effacement et de l'oubli, pauvre statuette fragile.

Et la disposition symbolique de l'ensemble : Vénus devant, une Vénus de barrière presque, puis la Vierge, une Vierge moins chaste que les primitives Maries, une Vierge noire ; enfin, la papauté ou plutôt l'Eglise au dernier plan, raconte la décadence des dogmes, résumée dans celle du catholicisme.

Ces deux dessins : *le Vice suprême* et *de l'Animalité*, sont exécutés originalement : crayons de couleur vague; ci et là de l'or plaqué ou frotté; parfois un ton cru : une cuisine intéressante mais brouillée : une alchimie délicate et précieuse.

Reste la *Sphinge* qu'il m'a été donné de revoir, non plus telle qu'elle apparut dans les oubliettes d'une exhibition d'art, non plus telle que le public l'a raillée, mais refaite totalement, mais renouvelée et repensée.

C'est à travers une gaze légère, fixée au bas par le scintillement d'une pierre précieuse, le corps surgi d'une femme ou plutôt l'immatérialité d'un corps de femme, hiératique, ceinte de bijoux évaporés en brouillards métalliques au col, au ventre, aux hanches, c'est un rêve fait chair et qui sollicite aux voyages de la pensée vers le mystère. Ce que promettent ces lèvres et ce qu'elles ne tiendront pas, vers où attirent ces regards vagues et infinis comme les teintes de la mer, en quels parfums et sur quelles fleurs d'illusion ce nez respire-t-il? L'apparition dans la hauteur d'un cadre, qui ne se frontonne point, se dresse, les bras en croix, sans mains, comme pour parodier la mort de celui qui était l'Espérance et apportait sur terre la consolation. Elle est avant tout décevante et attirante; elle fascine lointainement comme un horizon qui solliciterait l'intelligence. Elle n'est en rien brutale et la tentation qu'elle exprime est spirituelle. Sphinge délicate, exquise, raffinée, subtile; sphinge pour les perversités compliquées; sphinge pour ceux qui doutent de tout et qui fait douter du doute, sphinge pour les revenus de tout, pour les lassés de tout, pour les incrédules à tout, sphinge pour le sphinx lui-même.

Fernand Khnopff ne faisant qu'entrer dans l'art, je laisse ouverte cette étude et ne veux la fermer par aucune clef de phrase concluante.

www.ingramcontent.com/pod-product-compliance
Lightning Source LLC
LaVergne TN
LVHW012149170726
843503LV00009B/4057